KB274692

나나 이야기

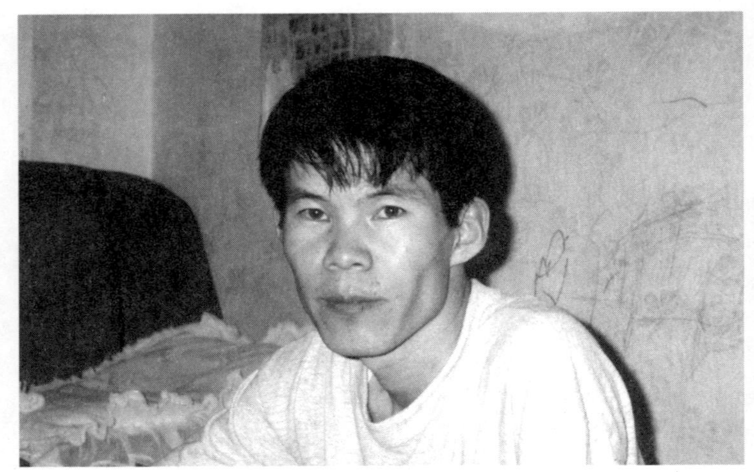

나나 이야기

정한용 시집

민음의 시 92

민음사

自序

월곶에 가면 지금도 소금창고를 볼 수 있다. 드넓은 염전에 지금은 나문재풀과 깨진 타일만이 뒹굴고 있는데, 그 벌판 한가운데 서면 마치 다른 세상에 든 느낌이다. 나는 가끔 사람이 그리워지면 한밤중에 거기에 간다. 도둑고양이처럼 소금밭을 기어가면서 바람 소리와 게 소리를 듣는다. 환청으로 들리는 소리들이 많다. 그런 수런거림 속에는, 사랑이 때론 죄가 된다는, 슬픈 소리도 있다.

1999년 봄
정한용

차례

1

1

소금창고·1

멀고 흐린 길처럼
구멍 숭숭 뚫린 런닝구 빨래처럼
지워져 묻힌 고대 유적처럼

그렇게, 여기에선 다
먼지가 된다

그 향기 바람에 날리고

화초라곤 쥐뿔도 모르는 내게
오 년째 숙식을 나눈 친구 하나 있어
이름 없는 蘭 한 촉
작은 토분에 솔 껍질 채우고 뿌리 박아 잎도 실한 편인데
이놈이 죽어도 꽃을 피우지 않는 것이야
나도 오기가 있지
어디 두고 보자, 지난 겨울
얼어뒈지든 말든 베란다 구석에 그냥 처박아뒀는데
그러고 매운 바람 불었는데
바람의 올과 결이 한층 부드러워진 초봄 입구
어데선가 자꾸 냄새 나는 것이야
내 쭈그러들고 피곤한 영혼의 틈새로 자꾸
향기 날려오는 것이야
하, 말하지 않아도 알겠지, 그놈
내게 사과의 뜻인지, 인동의 저력을 과시함인지
아주아주 쪼그만 꽃
서재랄 것도 없는 내 공부방에 들여놓자
내 손바닥만한 우주가
꽉 차는 것이야, 매콤한 그 향기
내 몸을 덥히는 것이야

자전거길

맵고 짠 기운이 아직 붙어 있는 바람결에
파뿌리인지 쑥대싹인지 분간 안 되는 조그만 것들이
표창처럼 꽂혀 있습니다
갯둑 위로 햇살을 잘라온 흔적이 푸릅니다

예술인 옆에서 시커먼 물줄기 따라
성포중학교 옆구리 바우네집까지 뻗친 자전거길
터벅 걷다 쉬엄쉬엄 담배 한 대 댕기고
또 터벅 걷다 물을 들여봅니다

이 길로 양식을 구하러
물 거슬러 올라 물살에 몸 맡기고 흘러옵니다
길은 때로 끊어져 흙먼지로 눕고
마흔의 봄이 굽어집니다

푸르게
푸르게
푸르게

썩어가는 몸통 사이로 푸른 새싹들이
자전거길을 환하게 비춥니다
이렇게 천리를 뻗어 세상 끝까지 간다 한들
이대로
길이 아닌들 어떻겠습니까

관목숲에 들어

한 사흘
비가 내렸다
길이 다 젖었다

토끼풀과 엉겅퀴들이 숙였던 고개를
다시 들어올리는 사이
길은 다시 외롭고 낯선 곳이 되었다

나뭇잎들이 후두둑 몸을 흔들어
끝에 맺힌 작은 방울을 떨구어낸다
구불구불 둥근 흔적이 인다

어두워졌다
기다려보자
조금 더, 조금만 더

물에게 배우다

명상에 잠기기 가장 좋은 곳을 꼽으라면 나는 단연코 뒷간을 추천하겠다. 똥을 누고 잠시 내려다보면 모락모락 김이 나는, 조금 전 내 몸의 일부였던 그것이 이젠 나를 떠나 물을 기다린다. 물 한 모금 기다리며 부르르 몸을 떤다. 나의 것이면서 동시에 나의 것이 아닌, 유식한 말로, 주체와 타자의 경계가 허물어지는 순간이다.

수자원공사에서 나온 팸플릿 어디에는, 『尸子』의 「君治」편에서 뽑아온, 그러다 우리 화장실 벽으로 옮겨온 이런 구절이 있다. 물에는 네 가지 덕목이 있으니…… 이 땅의 모든 자연물을 깨끗하게 씻어주고 만물을 통하여 흐르게 하니 仁이며, 맑은 것을 추구하고 탁한 것을 꺼리며 찌꺼기와 더러운 것을 쓸어버리니 義이고, 부드러우나 범하기 어렵고 약하지만 강한 것을 능히 이기니 勇이며, 강으로 흘러 하구로 나아감에 나쁜 것을 포용하고 그 흐름이 겸손하니 智이다……

이름하여 〈水有四德〉인데, 이것을 나는 이렇게 읽는다. 물에는 네 가지 배울 점이 있으니…… 이 땅의 모든 똥을 깨끗이 씻어주고 만물의 때를 벗겨주니 고성능 공기방울 세탁기와 같고, 비록 어쩔 수 없이 시화호에 이르러선 썩어가기도 하나 본디 맑음을 추구하니 도시인들의 잊혀진 고향과 같고, 부드러우나 강하여 세상 사람이 모두 즐겨 찾으니 여름철 삼계탕이나 영양탕 같고, 흘러흘러 세상 끝까지 못 가는 길이 없으니 인터넷 가상공간 같다……

　사는 것을 배우는 데에는, 물만한 것이 없다. 아무도 가르쳐주지 않고, 배우려고도 하지 않는 인생길, 물 흐르는 대로 따라가는 것만큼 확실한 것이 없다. 지금 가파른 세기말, 나에게서 너에게로 가는 모든 길이 막혀 있다. 오로지 수챗구멍으로 꼬르륵 똥을 빨아들이는 저 위대한 물의 소청, 물길만이 진정한 타자를 향한 사랑 아닌가. 똥을 누고 나니 속이 시원하다.

사리에 눕다

억새풀 쓸려간 자리
사행천이 되어 구불구불 이어진 바다에
검은 폐선 떠 있다
오래오래 바라보지만 움직이지 않는다
한 무더기의 억새만이 흰 손을 날려
없던 길을 만든다
여기, 여기예요
여기라니깐
이미 딱딱하게 굳고 소금기만이 버캐로 엉킨
길 아닌 길에 나를 눕힌다
누가 버린 것일까
혹시 지나가다 잠시 멈춘 걸까
손톱게조차 살지 않는 갯벌 한가운데
한 포기 참외덩굴 손뼘만큼 뻗어
그 끝에 눈물눈물 꽃 세 송이 매달았다
억새가 길이라면
노란 꽃 또한 가슴 미어지게 길을 트는 것
그곳에 작은 무덤을 만들고
나는 불을 피운다

사리에서 게 잡는 법

오늘의 주제는 게 잡는 법
손톱만한 방게라고 우습게 알면 큰일납니다
고것도 명색이 게라고 송곳 같은 집게발이 달렸습니다
거기에 물리면 아프죠 피도 나죠 괴롭습니다
자, 안전하고도 손쉽게 게를 잡는 법
잘 기억해 두셨다가
사리 갯벌에 오실 때 써먹어 보십시오.

1 방게는 작지만 빠르다. 조그만 굴 속으로 들어가면 속수무
  책이다. 하지만 걱정 마시라. 큰 삽으로 통굴째 퍼올린 다
  음, 거꾸로 엎어놓고 주워담으면 된다.
2 한 발쯤 되는 끈을 여러 개 엮어서 끝에 오징어 조각을 매
  단다. 부챗살처럼 펼쳐 갯벌에 늘어놓는다. 아름다운 수평
  선을 바라보며 잠시 쉰다. 줄을 당기면 게들이 주렁주렁
  따라온다.
3 밀물 들기 전에 갯벌에 주스 병을 묻는다. 주둥이 쪽에 떡
  밥을 붙여놓는다. 물이 들거든 사리 부둣가 시장을 어슬렁
  대며 싱싱한 해산물을 구경한다. 물 빠진 뒤에 다시 그 병
  을 거두어온다.
4 촘촘한 그물을 갯벌에 펼쳐놓고 가장자리에 틈이 생기게
  흙을 쌓는다. 소주 한 잔 마시고, 건너편 섬 뒤로 지는 해
  를 감상한다. 그물을 거두어온다. 자세한 그물 설치법, 문
  의 바람.
5 한 마리씩, 그저 잡는 재미를 즐기실 분들을 위하여: 굴

파내기, 낚싯줄로 꿰어내기, 고무줄 총으로 쏘아 맞추
기, 덫을 놓기, 기타 등등. 상세한 정보를 원하시는 분 연
락 바람: (0345) 487-0392

그러나,
사리 갯벌에는 이제 게가 살지 않습니다.
간척 공사 끝나고 물길 막히고
수백만 평, 허옇게 뱃속을 까고 뒤집힌 그곳에
가끔 나문재풀만이 검붉은 피를 토합니다
그곳은 드디어 빈 곳이 되었습니다
사람들은 지금도 기억을 더듬어
망태를 들고 갯벌로 나서기도 하지만
황량하고 딱딱한 땅
반월/시화공단 연기만 가득합니다

찡·찡·찡

내가 사는 아파트단지 옆구리에는
쬐그만 개천 하나 있는데요
시궁창 같은 실개천 하나 흐르는데요

작년 여름인가 큰물지고 나서
송사리 새끼들 어디서 몰려왔는지
물빛보다 새까맣게 노닙디다요
돌멩이 퐁 던지면
퐁퐁퐁 동그라미 그리며 몰려다닙디다요

그것도 한두 달
다시 쫄아붙고 물살조차 흐릿해지자
예전처럼 갯바닥 시커메지자
고기 새끼들 어디로 갔는지 다 없어지고
바람 부는 가을 밤 고약한 냄새 살살 피어났지요

지나가다 침이나 찍 뱉으면 그만
물은 뵈지 않고 거품만 뭉게뭉게 피어난 개천

한강 얼어붙은 지난 겨울날
그 실개천도 꽝꽝
아하, 저것도 날 추워지면 얼기는 어는구나
신기해 제법 굵은 돌멩이 한 알 던져보았드랍니다
찡·찡·찡

쩡·쩡·쩌정
얼어붙는 소린지 깨지는 소린지
우는 소린지 웃는 소린지
지금은 사라진 송사리떼 메아리 울림인지

엄나무 그늘

길 하나만 건너면 되는, 마음만 먹으면
언제라도 닿을 수 있는 뒷산
그러니까 가사미산 발치께 되는 곳에는
엄나무라는 아름드리 나무 하나 서 있습니다
이름이 〈엄〉인데
사전에 한문 표기가 없는 것을 보면 순우리말인데
본디 그 뜻이 무엇인지 그건 모르겠구요
견뎌온 세월도 하 가늠하기 어려운 늠름한 나무 하나
거기 서 있습니다, 둘러보면
당상관쯤 되는 참나무들이 줄지어 부복해 있고
졸개쯤 되는 소나무들이 우쭐우쭐 건드렁대고
사이사이 아카시아들이 시끄럽습니다
엄이 「어험」 하고 헛기침이라도 할 요량이면
내 다리까지 후들후들거립니다
그 큰 나무에 보기 좋게 늘어진 가지 여럿
째질 듯 벌어진 틈이 물경 외설스럽기도 한데
그중 하나
목 매달기 꼭 알맞은, 늘 색동 당실 걸린
가지 하나 휘영청
소문도 무성하여, 그 가운덴 처녀귀신 얘기도 섞였습니다
연전에 소복한 이쁜 색시가 매달렸다느니
정말 두 눈으로 똑똑히 봤다느니
못 믿겠음 관두라느니,
지금, 우주 기지 같은 이 도시의 삭막한 세기말을

요따위 맹랑한 소문으로 적신다는 거
구비전승 설화시대로 돌아가는 기분 듭니다
나는 어쩌다 그늘에 와 쉬는 것으로 만족이지만
사람과 사람 사이에 신호음처럼 살아나는 엄나무가 있어
기분 째지게 좋습니다
그런데 엄나무 껍질은 한약재로도 쓴답니다

겨울 편지

오이도에서 대부도까지 새로 뚫린 길을 따라
시속 40km로 달리며 바다를 본다
아직 덜된 황톳빛 자갈길
다음 계절에 다시 오면 이곳도 더럽도록 깨끗해지겠지
깨지고 흩어져 몰골 앙상한 돌덩이들이 물빛을 더욱
선명하게, 푸르고 깊게 만든다
쌍섬이라 불리던 섬 중의 하나는 물막이로 쓰여 사라지고
이제 더는 바다가 아닌 쪽, 검은 구멍으로만 남은
담수호 갯벌 쪽으로 폐선 몇 척 누워 있다
갈매기는 어디가 진짜 바다인지
용케 알아보고 먼 저기로 날아간다
밀물 들자 점점 수위는 높아져 외로운 쌍섬의 허리를 움
켜잡고
자꾸 방파제를 기어오른다
여기가 끝이다
수십 리 길을 더 거슬러 달리던 파도들이 갑자기 멈춰
선 곳
그곳에서 담배 한 대 피우고 오줌을 눈다
바다의 거대한 음모가 불현듯 밀물을 사정없이 밀어올린
다면
방파제 위에 선 나를 쓰러뜨리고, 또 거슬러
화려한 기억으로 오늘의 슬픔을 잠재울 것인지, 혹은
폐수로 잘 익은 호수가 더욱 부풀어 둑 너머 바다로 슬쩍
넘어간다면

끝과 시작이 다시 만날 수 있을는지
찬바람 칼처럼 몰아치는 선착장 칼국수집
영혼까지 차가워진 내 길을 끌고 다시 돌아간다

아카시아 숲으로의 마지막 산책

저녁나절 걸어온 마지막 발자국처럼 그곳은
조금씩 지워졌다
없어지거나 사라진 것이 아니라, 작아졌다
그곳에 가서 입을 오무리고
작·아·졌·다
중얼거려 보라, 그러면 알 것이다
저 깊이를 가늠하기/버리기 얼마나 어려운 일인지
나의 밖에 나무들이 무성하다
나뭇잎 새로 하늘이 무거워진다
그래, 숲을 조금만 벗어나도
따스한 가슴을 숨긴 마을이 몸 깔고 있다
작아지며, 더욱 작아지며
나는 사람의 마을로부터 더 멀어진다
발자국이 자꾸 가볍게 지워진다
쓸쓸하고 괴로운 이야기들이 쉽사리 귀를 적시는 건
나이가 먹는다는 증거
어두워질수록 빛나는 별들이 이 순간
아카시아 숲에는 두터운 외투처럼 따스하다/어둡다
이 길을 걸은 지 오래되었다
지워진 흔적처럼
나는 늙었다

집, 이사

한 길만 파면 개흙이 솟는 터에
30m 파일 기둥을 박는다
집도 뿌리가 실해야 제 구실한다는 걸
여러 날 공사장 근처를 어슬렁대며 배운다
땅에 발을 딛고 선 나무·풀·사람
물론 흔들리는 바람이나 수직으로 꽂히는 빗줄기까지
어디 남근을 땅에 박지 않은 것 있으랴
그렇게 서서
흙의 단 젖을 빨아들인다

사람들 기록이란 얼마나 헐렁한가
집을 옮기며 보따리 둘러메며 먼지를 본다
책의 미세한 글자마다
빛 약한 모든 구석마다 먼지가 들어앉았다
저 광막한 우주에서 날아온 영혼들이
조금씩 지워진다
한시절 좋은 때 만장처럼 펄럭이던 명패들이여
모두 무덤에 윤곽을 틀고 다시
흙이 된다

어머니 대지에서 풀썩 솟은 무명 스타의 잠언집처럼
먼지 알갱이들이 이삿짐을 무겁게 누른다
헌 집 위에 새 집을 짓는다는 건
애당초 안 맞는 말
구두에 붙은 개흙이 끈질기다

새 집

좋은 날 고른다는 것이 기어코 비가 왔다
25평에서 34평으로, 1층에서 14층으로 오르던 날
결혼 십 년 만에
장롱은 뒤뚱거리고 TV는 쭈그러들었다
앵글 책장은 삐걱거리고 식탁 다리는 부러졌다
아홉 평 여유가 김씨네 가족을
구닥다리로 만들었다

김이박 씨가 그저 혀를 끌끌 차고 있는 동안
언제나 용감무쌍한 아내
좁아터지고 챙피해, 널찍한 침대를 들여왔다
근사한 침대보를 덮었다
앵글은 궁상맞어, 집어던지고 티크원목 장식장으로 티를
냈다
식탁? 6인용 원탁은 돼야지
예쁘고 화려하고 앙증맞은 식탁보를 쫙 깔았다
TV는 34인치 소니 와이드
장식장 안은 딤플 아니면 조니워커 블랙
소파는 천연 가죽 이태리제
거실엔 열대어 수족관
내친 김에 까짓 것 스페인제 모피 코트도 한 벌

바꾸고 채우고 꾸미고
버릴 건 버렸다

더러운 과거의 파일들을 기억에서 삭제시켜 나갔다
오래 묵은 책
밑줄 그은 시집들
수백 통이나 되는 편지 뭉치
복구할 필요없는 것들을 사그리 지워버렸다

洛陽

하나의 선율처럼 그가 갔다
지병이었던 동맥경화증을 끝내 이기지 못했다
먼 서쪽에서 먼 동쪽 나라
돌아갈/올 수 없는 나라를 그리다 죽었다
윤이상, 일흔아홉

오늘, 오랫동안 걸었다
사람 많은 서울 거리가 황량하고 빈 들 같았다
내가 본 것이 혹시 착각?
그가 내게 걸어와 길을 묻는 것이었다
검버섯은 조금 피었지만 아직 싱싱한 얼굴
너는 어디로 가느냐
내가, 네가 서 있는 곳이 이승의 끝이 아니냐
기어기어 넘어가다 쓰러지면
바로 무덤

손바닥만하게 자리 펴고 잠들 수 있으면 그만
퍼렇게 할퀸 저 하늘 아래
모든 살과 피, 다 빠져나간 터
내 상처의 발자국을 쓱쓱 지우더니 그가 벌렁 누웠다
사람들이 그를 밟고 지나갔다
진눈깨비가 어깨 위로 한없이 무겁게 쌓이고
끝까지 외롭다/그리웠다는 말을 하지 않기로 했다
그래, 그건 불가능한 꿈

그는 잘 죽었다
여긴 너무 더러워, 죽길 잘했다
낙양·심청·광주
오로지 드넓은 소리로만 살아남은 한 사내
시간을 되짚어 바보처럼 자꾸
다가오고 있다

자물통

사무실의 유일한 친구인 난에 물을 준다
다시 텅 빈 시간이 느리게 다가온다
조금씩 그는 중년의 나이를 침묵 속에 구겨넣는다

그렇다
침묵이라면 그를 당할 자가 없다
언젠가 그는 취미란에 침묵, 특기란에 침묵이라고 적었다
사람들은 어두운/알 수 없는/소통 불가능을 비꼬아
〈자물통〉 혹은 〈먹통〉이라고 부르지만
실상 그는 침묵을 즐긴다
침묵은 그의 외투이며 그는 그 속에서 따뜻하다

간혹 그만의 세계에
실수로 발을 들여놓는 이들이 있다
와, 너 오랜만이다, 장가는 들었니, 애는 몇이야, 회사
다니니, 혹은
커피 한 잔 드실래요, 자판기 커피 싫어요, 그럼 뭘 좋아
해요, 혹은
어디 갔니, 에미다, 전화해라……
그저 잔잔하게 웃고 대꾸가 없으면
사람들은 고개를 살래살래 젓고 멀어진다

그렇다고 그가 세상과 완전히 담 쌓은 것은 아니다
자신의 세계 밖에 있어야 할 것들이

안으로 들어와 자리잡았을 뿐, 그만의 영토에는
없는 게…… 없다
도서관·백화점·병원·학교·등기소·버스정류장·문화
사랑방도 있고
노조·흔글·가족 사진·복권·숫가락·인터넷·대차대조
표도 있고
심은하·김지호·김혜수, 심지어는 파멜라 앤더슨 같은
포르노 배우도 산다

텅 빈 안쪽은 충분히 넓어
그는 날마다 땅을 일구고 단단한 씨앗을 심는다
아침마다 새와 풀들의 노래가 시끄럽다
저녁이면 서쪽 불타는 노을 밖 하늘 뒤편 너머로
그만의 길을 따라 산책을 나선다

동두천 가다

눈물을 말하면 유치찬란한 졸작이 되고
슬픔을 털어놓으면 감정 과잉의 좆이 되는 것이니
나는 오늘
눈물과 슬픔을 마른 검불처럼 살라버리고
동두천에 간다

한때는 하늘 아래 다 같았던 곳
진흙이 구두에 철떡철떡 달겨붙어도 목구멍 속 거미줄
괜찮게 걷어내던 곳
삭은 양철 지붕 처마 밑 먼지는 켜로 앉아
점심으로 먹는 설렁탕이 맵다

여기서 꽤 머니께, 택시 타는 게 좋겠구먼요……
바람은 차고
좁은 길 따라 한참을 걸어
시내라고 부를 것도 없는 유적지를 벗어나 내가 닿은 곳
북쪽에서 먼지 바람이 쓸려와 발에 걸린다

이미 폐허가 된 공장 건물을 돌아
늙은 미루나무가 선 강줄기 따라 꺾어들어
나는 기어코 만나야 할 운명의
짓궂은 장난과 맞선다
이미 미루나무보다 더 늙고 흐무러진 해골 두 개

그동안 안녕하셨쥬…… 오너라 고생했니라……
벌레가 된 두 개의 해골 앞에서
나도 조금씩 더러운 벌레가 된다
그 겨울의 참혹한 기억에 이끌려 나는
거듭 동두천에 가야 한다

이제 그곳엔 아무도 없고

처음 무거운 발걸음 끌어다 거기 부려놓았을 때
그곳을 채운 건 마른 언어뿐이었다
혹시 여기가 영안실, 아닌가? 절집 마당처럼
매운 향내만 가득하다
검은 화관을 머리에 얹은 영정 속의 할머니
스무몇 해 전 모습
잔주름진 입가에 기억을 잠그고 멈추었다
홀로, 혼자, 외롭다는 것이
죽음 앞에서 축복일 수 있다는 느낌, 눈물을 데운다

새벽이 오기 전부터
미래는 접혔던 허리를 펴고 내일로 달려간다
영안실 문을 열면 곧 산발치 굵은 느티나무 하나
영혼을 빨아들여 굽게 자란 가지마다
밤, 아직 새벽이 아니다, 밤새들이 운다
그중 하나는 할머니 영혼을 쪼아먹으러 온 새이겠지
너니? 너니? 저쪽, 후르르 쪽, 너니?
할머니, 거기 있어요?
나, 여기, 혼자 있어요

그리하여 내 키만큼 흙을 퍼내고
다시 내 키보다 높이 흙을 덮는다
죽음은 한낮의 햇살에도 우리에게 침묵을 강요했지만,
이미 나는 검고 차가운 시간에 발을 적셨다

어/찌/할/수/없/는
빈 공간

아버지 같은

방금 〈편지〉를 나섰습니다
섬세한 그물로 당신의 혀는 모든 것을 적셨습니다
진한 것들은 희미해지고
흐렸던 기록들은 더욱 선명해지면서
깊고 어두운 중심을 두드렸습니다
울림이 잎새와 줄기, 마른 풀들로 퍼져갔습니다

잘 아시다시피
내겐 아버지가, 원래 없습니다
아버지 같은
무거운 그림자라도 있었더라면——이런 가정이
늘 빈 곳을 밝히는, 그 不在를 낙인 찍는
두꺼운 아픔과 때묻은 슬픔입니다
내게 아버지는, 그러한 무모한/배고픈 공간입니다

아이들은 시간의 켜처럼 점점 자라
일곱 살, 두 살이 되고
막 알에서 깨어난 새 새끼처럼 내 눈을 들여봅니다
그 속으로 당신이 걸어 들어갑니다
소리의 되돌아옴——혹시 반환점 저 멀리에서
당신의 메아리가 굽어진 것은 아닐까요

덥다는 말, 너무 많이 했습니다
새벽의 빛이 우리보다 앞서 떠났습니다
항상 이렇게 나는 무딥니다

어둠 저쪽

수퍼마켓에 들러 반찬거리를 샀다
캔에 든 옥수수를 큰아이는 좋아하지 않는다
동그랗고 작게 만든, 그냥 튀기기만 하면 되는 돈까스
한 봉지를 2,500원에 샀다

평소보다 좀 늦게
아내가 저녁 식사를 차리던 것보다는 좀 늦게
두세 반찬을 놓고 아들과 식탁에 앉았다
아이는 不在의 허전함을 밥으로 채우려는 듯 고맙게도
투정 없이 먹었다

그림 그리기 숙제를 도와주고, 밤 아홉시
책가방 꾸리는 것을 도와주고, 밤 열시
아이에게 잠잘 시간임을 알려주었다, 밤 열한시
창 밖의 어둠이
물렁물렁하고 끈적끈적해졌다

내일, 아침이 열린다는 게 두렵다
아니, 지금, 이 밤을 무던히 밟고 가기가 힘들다

푸른 꽃이 두렵다

커튼을 조금 열자
저녁 햇살이 방바닥에 길게 선을 그었다
몇 시쯤 되었을까
아마 서너 시간은 족히 지났을 것이다
옆에 누워 잠든 여자
흰 가슴 위로 푸른 벌레가 기어갔다

기억 안 나는 어느 여관
골목에서 들려오는 사람들의 불투명한 소리들

삶이란 사실 무섭거나 거대한 게 아니다
젖은 머리가 더욱 무거워지고
가벼운 먼지들이 소용돌이쳐 솟구치는 풍경이 스산하다
겨울이 됐다는 신호
이제 내가 할 수 있는 일은
늙은 개처럼 골목에서 컹컹 짖는 것뿐이다

마지막 만남의 의식
저녁 더 늦기 전에 돌아가야 할 막차

믿음, 이라고 말하지 말자
내 자신의 어리석은 독백조차 혼란스럽다
이것이 소멸의 냄새라면
세상의 지친 자들을 내 향기로 덮고 싶다

내 낡은 영혼의 집에 그대 푸른 꽃이 피었다 지고
끝이 더 가까워졌다

불꽃나무에 올라

불꽃나무에 대해 말하면, 사람들은 정말 그런 나무가 있
냐고 묻는다. 진짜 불꽃이 피냐는 것이다. 내가 말하는 불
꽃은 〈그곳〉에만 단 하나 스스로 서 있는, 보통명사가 아니
라 고유명사로 우뚝 선, 나의 나무를 가리키는 것이다.

나의, 나무? 우리가 만난 것도 이제

꽤 오래전의 일이 되었다. 유난히 더웠던 지난 여름. 그
리고 계절을 넘기며, 나의 창 너머로 어둠과 동시에 그는
빛나는 몸을 빚어내었다. 가까이서 혹은 멀리서, 서로를 마
주보는 동안, 그는 화염의 혀로 나를 유혹했다. 그의 언어
를 만질 수는 없었으나, 그것이 따스한 신호라는 것은 알았
다. 처음으로 나는, 나의 밖에서 나의 안쪽을 들여다보게
되었다.

밤은 고요했고, 나트륨등은 더욱 노랗게 퍼져나갔다.

가로등에 내 남루한 삶이 걸려 있었다. 나는 자꾸 가늘게
지워졌다. 사라짐,

사라진다고?

나는 오래 견딜 거야. 그래야 해. 하지만 저 불꽃나무의
찬란한 혓바닥, 보다는 일찍 지워질 거야. 곧 겨울 오고, 나
뭇잎 모두 지고, 그 불꽃도 떨어지겠지. 그러나 공포와 함
께 다가왔던 황홀한 빛. 그 화려한 흔적이 더는 보이질 않
는다. 변화를 두려워하는 나는, 그런 점에서도 지독한 보수
주의자이다. 지난 여름부터 늦은 가을까지, 밤마다 거친 꿈
을 불꽃나무에 말렸는데, 이제 그럴 수

없게 된 것이다.

나의, 그리운/무서운, 불꽃나무.

장다리꽃

묻지 마시라, 장다리꽃을 아느냐고.

그것이 모독이 되는 것은, 지금 소멸로 굴러가는, 아래로만 자리 옮기는, 존재의 의미조차 헐렁해지는 세월이기 때문만이 아니다. 잊혀져 가는 많은 것들 사이에 그것은 소리 없이 서 있다.

그러니까 지난 여름,

화랑저수지 근처, 두 폭 땅을 얻어 열무를 심었던 일이다. 꿈과 설렘을 흙에 묻었다. 소복소복 새싹 솟고, 그 여름 더위 지독했고, 열무 버림받았고, 잡초 엄습했고,

열무 모두 사라졌고, 잡초 더욱 무성했고, 그곳은 드디어, 잘 헝클어진 풀밭이 되었다. 가을이 되었다.

습관처럼 바람이 가벼워지고, 하늘이 높던 날,

바람의 올들이 구두끈을 그쪽으로 끌어당겼다. 가끔 알 수 없는 이유로 해서, 폭력을 감싸고 목숨을 버티는 질긴 것들이 있다. 바로 그 장다리꽃 한 송이가 그러했을까. 먼저 쓰러진 풀들을 딛고 희고 작은 꽃잎이 손가락을 까닥거리며 웃었다.

울음이었다.

차라리 서러운 자는 그가 아니다.

들판이 흐릿해졌다. 누구에게나 지워진 기억은 화려할 테니, 장다리꽃의 비밀을 아느냐, 묻지 마시라. 자연은 본디 혼돈에서 나와 혼돈으로 돌아가는 법. 그 혼돈을 장식한 마지막 장다리꽃 곁에서 나는,

화랑저수지 건너편을 망연히, 오래, 저녁 어스름 속에

바라보았다.

그림자 속으로

네 살 아들과 손 잡고
집 가까운 뒷산에 오르는 어느 늦은 봄날
아직 솜털이 가시지 않은
새 새끼 두 마리 낮은 가지에 앉아 있다
가까이 다가가도 날아가지 않는다
네 살 아들이 새에게 손 내밀어 뭐라고 쫑알댔더니
새도 뭐라고 쭈억댄다
나는 저만큼 떨어져 그들의 대화를 들으며
무슨 뜻?
알아보려 애쓰지만
단 한마디도 다가오지 않는다
네 살 아들은 까르륵 대고 새들도 끼루룩거리지만
그것은 그들의 언어
나는, 이미, 아니다

팔레스트리나

사람 사는 곳 어디나
단단한 고요가 있다 간혹 부서지기도 하는
부서지고 낡아 소리가 되기도 하는
마흔의 봄

틈? 그곳이 어디인지 몰라
낮게낮게 떨리는 경계의 저쪽
툭, 툭, 떨어지는 음표를 하늘에 걸어놓고
빈 소리로 남아

가고 싶다
너무 많이 걸어왔다

내가 없다

내 속에 또다른 내가 있어
중얼거린다, 중얼거림만이 그를 떠받든다
나는 어디서 왔는지 모르고 어디로 갈지 모르고
왜 나뭇잎은 불꽃처럼 피었다 지는지
차들은 일방 통행으로만 달리는지
먼지는 책 위에 쌓여 하얀 켜를 만드는지
죽은 아들 묘비에 왜 노인은 촛불을 밝혀야 하는지
한때 땅 위에 그림자를 새겼던 모든 생명들이
흔적을 남기고 사라지는지
그 흔적조차 결국 투명한 그림자가 되고 마는 것인지
왜 사랑은 즐겁지 않은지
나는 사차원의 세상, 어느 좌표에 이름을 긋다
지나온 발자국을 지워야 하는지
내 속의 내가 밖의 그에게 대답하지 못하고
소금기 하얗게 어둠에 번득이는
사리를 향해 걷는다
지금은, 세기말, 새벽 두시

외침

개들이 짖어대다 낮잠으로 돌아간 오후
혼자 상처 위를 걷는다
물고기커녕
갯지렁이 하나 살지 않는 사리 갯벌
언제부턴가 철조망까지 드리워 더욱 삭막해진 이곳에
지친 발자국 몇 개 찍는다

사십 년 비린내 나는 생태계를 버텨왔으나
내겐 이제 버릴 목숨도 남지 않았다
바람 빠지고 구겨지고 찢어진다 오직
소리로 남은 회색빛
갈매기 외침만이 귀를 두드린다

먹이 사슬의 질긴 끈이 그에게 닿자 비로소 끊긴다
그를 믿고 밀어온 바람들도
황사를 맞고 흩어진다
감탕 속 게들
우우 일어섰다 허연 뱃속을 내밀고 죽는다

소리들은 마른 햇살에 부서져
소금기둥처럼 본래 없었던 것들을 쏟아놓지만
그 외침 또한 빈 것

아무도 듣지 못한다
그 이후

계보학에 대한 연구

쓰레기 분리수거가 시작되고 한참 후
종이 · 플라스틱 · 고철 · 병류로 나란히 늘어선 통 곁에
수북하게 쌓인 빈 화분을 보았다
플라스틱으로 만든 것이니 재활용이 되겠다고
흰색 · 군청색 · 검은색
흙도 조금 묻고 모서리가 깨진 것도
족히 삼십여 개, 작은 무덤을 이루었다

화분에 매달렸던 기억들
소철나무 · 행운목 · 철쭉 · 산나리꽃——굳센 줄기와
구부러진 뿌리, 잎맥으로 솟던 물방울,
혹은 조금씩 뱉어내던 향기까지
다 쓸어내고 빈 그릇으로 남게 되었다
소용없는 것이 되었다

화분이 나뒹굴던 며칠인가
봄비 소슬하게 뿌린 뒤 흙이 다시 검어지고
남은 기억을 일으켜 세우는 증거를 보았다
세상이 강팍한 자들의 것이라고? 아니다, 그 말은
수정되어야 한다
화분 밑바닥에 깔린 실뿌리 몇 개와
차진 봄바람 한줌 거두어 비벼놓으면, 바로 거기
그 폐허 위에 새로이 시간 열린다
핏줄인지 살인지, 작고 하얗게 피어나는 움

아침 햇발에 반짝이는 푸른 손짓

화분 벽을 어지러이 기어다녀
살아갈 날들의 대차대조표를 적어놓았다
구역을 나누고 길을 만들어 이미 설계를 마감했다
견고하게 다시 설 수 있겠다고
넉넉히 한 세계를 담을 수 있겠다고

어둔 강 건너 · 1
—— 이브를 찾아서

  지금 땅 위에 목숨을 둔 모든 인간이, 20만 년 전 한 어머니에게서 생겨났다는 것은 단순한 가설이 아니다. 머리칼이 금발이건 흑발이건, 눈동자가 갈색이건 청색이건, 콧대가 높건 낮건, 더욱, 피부가 검건 희건 간에, 우리가 그 〈이브〉에서 비롯되었다는 사실은, 놀랍고 두려운 일이다. 나의 어머니의 어머니와 너의 어머니의 어머니가 결국 같다는 과학적 자료가, 우리의 기억, 그 어둡고 깊은 강을 건너 우리를 아프리카 동부 초원으로 몰고 간다.

  내가 검은 장미라 이름붙인 여자의 손가락에는
  여전히 약속의 표시로 반지가 끼어 있다
  그는 늘 검은 옷을 입는다
  「벤허」에서 예수의 뒷모습, 어깨를 덮은 머리칼처럼
  산상수훈을 위해 걸어가는 느린 걸음으로
  그는 아침에 나타났다 퇴근 시간쯤 광야로 사라진다
  내가 그를 그녀라고 부르지 않는 이유는
  나의 지독한 언어 결벽증 때문, 또
  남녀 양성의 중간 지대에 그를 놓았기 때문이다
  시간은 화살이 되어 곧 과거로 날아가 박히고 나는
  그에게로 출근했다 엑셀을 몰고 현재로 돌아온다
  하여, 나의 현존재는 없었던 것이 된다

  인류 기원을 추적한 사람들은 버클리대학 교수들이고, 나는 그들에게 〈버클리학파〉라고 이름붙인다. 학파의 주장은

이렇게 요약된다: 자, 여기 130개의 샘플이 있네. 세계 각처에서, 사람들 세포 속에 든 미토콘드리아를 뽑아온 거지. 이 속에 들어 있는 DNA 유전 정보를 한번 비교해 보세. 참 놀랍지 않나? 사람들의 유전자 지도가 거의 비슷해. 겨우 2-3%, 아주 미세한 차이를 보이며 후대로 복제 계승될 뿐. 그 차이를 시간으로 역환산해 봐. 그러면 우리는 지워진 기억의 어둔 강을 건너 〈이브〉를 만날 수 있다네.

  검은 장미를 처음 만난 건 우연이라 할 밖에
  무덥고 짜증나고 예민한 날
  내가 늦은 점심으로 칼국수를 구겨넣고 〈이화〉를 나설 때
  여자가, 거기
  서 있었다, 혹은, 일요일 오후
  TV 프로그램 「이브를 찾아서」라는 황당한
  신세대 취향의 짝맞추기 프로에서도 그는 재잘거렸다
  어떤 때는 모든 수컷의 의식 끄트머리에는
  프로이트적 망상이 주렁주렁 달려 있다는 가정하에
  내가 불만으로 여기는 포르노성 S/W 「Fantasy Girl」 속에도
  장미는 피어 있다, 검은 옷을 입고
  검은 눈동자 가득 분노에 젖은 눈물을 담고

〈버클리학파〉의 가설은 상당한 설득력을 갖는다. 따라서 유전학과 인류학의 결합에 대해 꽤 동조하는 편인데도 나는 일종의 편견을 어쩔 수 없다. 검은 미녀들을 결코 사랑할

수 없는 것이다. 20만 년 전의 이브가 나의 어머니? DNA
지도가 그것을 말해 준다면, 나의 배반은 비난받아 마땅하
다. 강을 건너 그곳에 닿을 자격이 없는 셈이다. 변명이 허
락된다면, 미트콘드리아의 변이는 세포핵의 변이보다 불확
실하다는 사실. 그래도 우리에게 드리워진 어둡고 더러운
커튼이 걷히는 것은 아니다.

나는, 감히, 그에게, 사랑한다, 말하지 못한다
이 시대 우리들의 사랑은 한줌 모래에 지나지 않으므로
그대, 두려워한다, 말하지 못한다
내가 검은 장미의 무거운 옷을 벗길 수 없으므로
아프리카에서 중앙아시아를 거쳐 북경 원인을 멸족시키고
나에게 닿기까지의 곤고한 여정을 통해
검은 장미는 단단히 단련되었다, 검은 씨앗 하나
재 속에 숨겨둔 작은 불씨처럼 생명이 거듭된다는 신호
나는 그리움의 그림자를 맑은 물에 씻어
가슴에 넣는다
미래는 불확실하다, 그래
기다릴 만하다

어둔 강 건너 · 2
—— 아홉 개의 구멍

오래된 책을 펼칠 때나
지하철 역에서 축축한 잎새들이 떨어지는 것을 볼 때
혹은 SEX라는 단어의 X를 쓰기 직전
검은 장미
그가 나타나는 것이다
너무나 오랜 초/분/시/월/년/세기/겁 동안
납작하게 눌렸다 먼지 툭툭 털고
비로소 얼굴을 펴는 것이다 이럴 때
입술에 말라붙은 미소가 폭력의 아름다움인지 질투의 화
석인지
분간하기는 힘들다

아프리카를 떠난 〈新人homo sapiens sapiens〉이 홍해를 건
너는 데는 10만 년이 걸렸다. 언제나 물/강/바다가 문제라니
까. 이 무렵 유인원의 특징들이 거의 사라지고, 우리 〈이브〉
는 드디어 사람이 되었다. 상상해 보라. 저녁 나절 유프라
테스 강을 향해 초원을 걸어가는 남자와 여자, 그리고 그
사이에 아장아장 걸어가는 작은 이브, 어둔 강 건너 우리에
게 손짓하는 것을. 이스라엘의 카프제 동굴에서 그들은 살
았고, 한 조각 유골을 남겨두었다.

질문: 당신은 검은 강을 보았는가?
이브: 수천 수만의 강에서 당신 그림자를 찾았다오.
질문: 20만 년 동안 당신은 외롭지 않았는가?

이브: 나에겐 언제나 전쟁과 죽음에의 유혹이 반복되었다오.
질문: 스스로를 아름답다고 생각하는가?
이브: 우리를 지배하는 건 언제나 자아도취 아닌가요.
질문: 신을 믿는가?
이브: 나를 그대에게로 이끈 것은 신이었어요.
질문: 나는 당신을 검은 장미라고 부르는데……
이브: 그대는 나의 아들이며 또한 나는 그대에게서 나왔으니……
질문: 당신에게 나는 누구인가?

　일부는 중동에서 서쪽으로 알프스를 넘기로 했다. 앨프〈요정〉이 말했다. 기다려, 너희들은 검은 몸으로 여길 지날 수 없어. 프랑스 라스코나 에스파냐 알타미라 동굴로 거처를 옮기는 데 6만 년이 걸렸다. 백인이 된 크로마뇽인은 원주민 네안데르탈인을 멸족시켰다. 일부는 북쪽 러시아로, 일부는 동으로 가기로 뜻을 모았다. 동쪽에선 거대한 히말라야 〈눈의 여신〉이 발걸음을 멈춰, 했다. 너희들도 안 돼. 중국 내륙 황하에 닿는 데는 5만 년이 걸렸다. 황색 인종이 된 몽골로이드는 원주민 북경 원인을 멸족시켰다.

　사람들은 간혹 내게 묻는다
　네가 진정 사랑하는 것은 누구/무엇이냐
　창문을 열고 고개 길게 빼면 가사미산의 관목숲이 보이

는데
　내 꿈은 거기에 누워 잠드는 것이다
　개미나 땅강아지, 아니면 구더기라도 되어
　그의 몸속을 뚫고 들어가 질펀하게 알을 까는 것이다
　천하룻밤 동안
　삐걱거리는 침대에 검은 장미를 꽂아두고
　침대가 삐걱대는 소리를 듣는 것이다
　오, 하나님
　모든 멸족된 자들을 죄로부터 사하소서, 죽음으로부터
　일으켜주소서

　다시 2만 년이 더 흐른, 지금부터 대략 2만 5천 년 내지 3만 년 전쯤, 우리가 사는 한반도에도 이브가 들어오게 되었다. 그러니까 신석기 시대와 청동기 시대에 해당된다. 이브는 새로운 이브를 낳고, 그 이브는 다시 어린 이브를 키우고, 어린 이브는 자라나 거대한 관목숲을 이루고, 숲의 한 가지에서 검은 장미가 피어났다. 숲은 베링 해협을 건너 록키 산맥과 안데스 산맥을 훑어나갔다. 세상에 드디어 이브의 글자가 새겨지기 시작했다. 역사책 한 권을 다 마치고 나자, 마지막, 내 몸 아홉 구멍에도 장미가 솟았다.

어둔 강 건너 · 3
—— 검은 장미에게 바친다

무슨 일?
죽음을 흙으로 돌려주고 그녀가 다시 나타난 3일 후
〈진짜〉 검은 장미를 본다
생명의 작은 알이 그녀 가슴에서 자라는 것을 본다
사람들은 불가능에의 무모한 도전, 또는
썩은 나무에 물 주기라고 비아냥대지만, 나의 거대한 뿌
리에 대한
믿음, 커피와 빵처럼 부풀어오름을 본다
그렇다
어둔 강 건너편 시절부터 지금까지 그녀를 지켜준 것은
진실/역사/논리가 아니라, 이른 아침
커피 한 잔과 빵 한 조각이었다는 것, 죽음을 딛고 검은
장미가 나타난
그날 아침, 나는
그녀의 입술에서 본다

엔트로피: 내가 아침에 빵을 먹고 똥을/커피를 먹고 오줌
을 싼다면, 그 똥은 이제 영원히 빵으로/그 오줌은 영원히
다시 커피로 돌아갈 수 없다. 사용 가능에서 사용 불가능으
로 에너지의 위치가 전이된 것이다. 슬프지만 아무도 이 퇴
행 과정을 막을 수는 없다. 우리가 열심히 처먹고 열심히
일하고 열심히 생산하면 할수록, 우리가 열심히 빨고 열심
히 더듬고 열심히 까면 깔수록, 우리가 열심히 벌고 열심히
쓰고 열심히 싸돌아다니면 다닐수록, 불행히도 퇴행의 속도

는 빨라진다. 그러나, 나는 이 세상에서 끝까지 버텨, 공단 전망대에 올라가 서해 바다로 마지막 해가 넘어가는 것을 지켜보고야 말 것이다. 그러려면 이브의 자궁 속으로 들어가 냉동 인간처럼 한 이십만 년을 기다려야겠다.

오메가 포인트: 내가 전에 근무하던 학교 교장실 앞에는 〈쫌팽나무〉라 불리는 줄기 하얀 한 그루 나무 서 있답니다. 한 이태 지나니 맑고 고운 연분홍꽃이 눈발처럼 펼쳐졌답니다. 쫌팽이 교장선생님도 그 꽃을 볼 때는 맘이 넉넉해져, 설렁설렁 결재 서류에 도장 눌러준답니다. 기특도 하지. 나무 옆에 조롱박을 심었더니, 한손 두손 덩굴 올라 분홍꽃 사이로 흰 박꽃 초롱거렸습니다. 보시기에 참 좋았습니다만, 욕심이 과했음. 삽시간에 박덩굴이 쫌팽나무를 몽땅 잡아먹었습니다. 꽃이 시들며 조롱박이 애기 주먹만해졌을 때, 나무는 꽃을 지우고, 나뭇잎을 조금씩 떨구며, 비장의 각오를 한 뒤였습니다. 그때, 이브, 검은 장미가 말했습니다. 교장선생님, 이러시면 아니 되어요. 그리고 며칠, 박넝쿨을 거둬내자 서너 개 남아 있던 분홍꽃이 다시 환해지는 것이었습니다.

집에 돌아오려고 책상을 정리하는데
메모지가 날아왔다
검은 장미가 날 보며 〈非〉웃고 있었다

우리는 어디에서 왔는가
우리는 누구인가
우리는 어디로 갈 것인가

2

弔詞

당신은 재로 남아
검은 이름을 흙에 새기지만
오랜 날 흘러
물먹은 나뭇가지들이 다시 팽팽해질 때
서쪽 바람이 우리들 마른 몸에 불꽃을 당길 때
당신
이마를 짚고
저녁별 하나 승냥이 울음처럼
떠오겠지요

누운 집 마당

몸 닿지 않는 곳에
근래 소식 몇 점 섞어 마음 먼저 보냅니다
진달래도 이제 다 지고
무덤 앞에 산철쭉 듬성듬성 피었겠지요
나이 사십에 여전히
취기 돌 때면 객기도 함께 살아
무조건 당신의 草墳으로 달려갑니다.

밤 이슥하여 귀신들도 기어 들어갈 즈음
마당 끝에 걸터앉아
남은 술잔을 마저 비웁니다
어깨 너머로 풀들이 기웃거리며 함께 잔 나누자고
당신 이마에 술을 붓고
새벽녘 가는 달을 올려봅니다

이제 그만
당신은 거기 있고 나는 여기 묶여
세월 또한 파지로 구겨져 한 구비 돌아섰습니다
죽음이 뭐 대수야
다 더러운 욕심일 뿐이야
중얼거려 보아도 나아질 것이라곤 없습니다
이슬 차갑게 어깨를 누릅니다.

꽃잎 주루룩 훑어 무덤에 뿌리던

기억도 자꾸 흐려집니다.
날 밝으면 먼 당신은 다시 편안히 잠들겠지만
조금조금씩 썩어 흙이 되겠지만
혼불마저 꺼져 어둡겠지만

이름을 지운다

비가 조금 날리더니 잎이 붉어진다
바람이 수선스레 나무에 몸을 부비고 나자
푸득 놀란 잎이 하늘을 한줌씩 움켜쥐고 떨어진다
플라스틱 잔에 소주를 붓고
망연히 무덤을 본다
무덤 위에도 참나무 잎이 조심 내려앉는다

그렇게 너는 거기 누워 있다
세상사 다 그런겨, 네 목소리도 잠겨 있다
여름내 무성했던 잔디와 풀
네 차가운 입김으로 등걸불처럼 메마르고
그 뜨거움 위에
나는 맑은 소주를 뿌린다

멀리서도 간혹 내 곁에 다가와
꿈인가 착각인가 내게 주르르 뛰어와
아득한 별 한 개 심장에 꽂아놓고 무명으로 사라지던
이름
나 이제서야
무덤에 엎드려 네 이마를 짚는다

눈꽃

서른을 훌쩍 넘기고 그곳에 닿아
따스한 어깨에 몸을 기댄다
너무 늦은 건 아닐까
아냐, 푸른 나무와 풀들 사이 조그만 떨림으로
그저 바라볼 수 있다는 것

일찍 아침 새소리에 깨어 창을 열면
밤새 서성이던 꿈들이
돌아간다 가슴팍에 발자국 쿡쿡 눌러놓고
이봐, 다 소용없는 짓 멍청한 짓
이젠 지워버리라니까

연둣빛·분홍빛도 아닌 노랑·파랑도 아닌
그저 하얀 꽃 한 송이
그대 마흔의 손가락을 흘러 다시 이십 년
그때도 그 자리에 피어 있을까
눈보다 더
흰

대협곡에서 온 편지

먼 당신을 기어이 보내고
향나무 군락 무성한 사막으로 갑니다
무슨 소리 혹시 들리지 않을까
땅에 귀 대고 머뭇거리지만
방울뱀이 선인장 가시를 긁어대는 대협곡
갈색의 강물 소리만 뜨겁게 늦여름을 기어갑니다
가끔 붉은 단층 사이로
점보다 작은 헬기가 정적을 일깨우며 사라지고 나면
다시 빈 자리에 울음꽃이 새겨집니다
인디언 보호구역
나무 사이로 옹기종기 모인 나막집들
강물이 몇 점 떨구어놓은 흔적으로 붙박이로
아니 이름 부를 수 없는 뜨거움으로
당신에 대한 갈망이 두꺼울수록
점점 더 맑고 투명해지는 게 있습니다
그게 뭐냐
묻지 마옵소서, 당신 손바닥 따스함 위에 이미
답을 적었으니

사막에서의 하룻밤

외로움이 축복일 수 있다는 그대 口傳의 편지를 전해 받고
사막 한가운데 발을 접습니다
라플린
대협곡을 빠져나와 미친 듯 네 시간 차를 달리는 동안
눈 시리도록 깔끔한 하늘과 깊이를 재기 힘든 구름 저편
착각일거야, 여긴 사막인데
미시간이거나 빅토리아일지도, 그대가 떠보낸 한줌 물줄
기로
내내 머리맡을 적십니다
뜨거운 바람이 저녁노을을 다 불태우고도 아직 식지 않아
화산처럼 가슴에 닿습니다
저게 콜로라도 강이래,
물보다 잉어가 더 많이 범벅이 되어 노는 거, 보이니? 보
이지? 보일 거야!
비록 그대 곁에 없어도 밤새
나는 자꾸 뜨거운 말들을 뱉어냅니다
〈그립다〉? ——아, 촌스러!
〈보고 싶다〉? ——아, 완전히 유행가야!
네바다 사막 한가운데
푸른 달이 이웁니다

자연사박물관

푸코의 진자를 지날 때 그가 말했다
여기가 맞을까
너무 멀리 돌아온 거 아닐까, 우리 가야 할 길

잠시 끊어졌던 시간이
진자가 한번 움직일 동안보다 짧은 시간이
발걸음 옮겨 다시 돌아가면
처음 그 자리처럼 설 수 있겠지

뭐라고 불러야 하는 거지
화석이 시간의 켜에 이름을 새기듯
우리 손가락에 전해진 의미들도
조금씩 썩고 썩어 흔적으로 남겠지

뉴욕—워싱턴—버팔로를 지나
시카고 푸른 물가 미시간 호를 바라보며
이렇게 한 생애가 잘 접혀질 수 있다면
가슴에 죽도록 담아둘 수 있다면

진자는 여전히 걸음을 재촉하여 흔들리고
그의 눈밑에 이슬이 맺힌다
내가 갈 길이 밝아진다

편지, 두려움

잘 모르겠다
네 몸을 바늘처럼 뚫고 지나는 두려움
어떻게 씻어야 할지

밤은 깊고 잠은 이미 달아나
흘러흘러 네게로 간다
거기 잠든 네 이마 위에 꿈을 밟고 서성이지만
대답은 흩어져 찬 하늘로 흐를 뿐
적막하다

무덤에 핀 패랭이꽃이었으면
차라리
네 시린 가슴에 물방울 하나로 맺혔으면

코너 프레이리 저녁

오하이오 강을 따라 수십 리를 달리도록
차도 마을도 흔적조차 보이지 않는다
물가에 이름 모를 새들과 포플러만이 작은 소리로
뜨겁게 달구어진 오후 햇살을 털어낸다
가끔 요트 선착장에 빈 배만 닻이 묶인 채
사람 그립다, 손을 내민다
낮은 산 아래로는 옥수수밭, 건초를 말아놓은
둥근 무덤들이 뒹군다
그렇게 수십 리를 더 달린다

그 저녁 내가 떠난 곳에선 나 없는 사이
촛불을 켜고 저녁을 맞을 거란다
오늘 저녁 절정의 음악을 들을 거란다
너는 별이 떠오르는 저녁 하늘을 올려보며
신시내티에서 켄터키 루이빌로 여섯 시간 달리고 있는
나를 생각할까
내가 네 모습 하늘에 새겨놓은 것
그곳에서 보고 있을까
나무 잎사귀 뒤에 내가 속삭임 풀어놓은 것
혹시 음표 사이에서 듣고 있을까

저녁은 황홀하고
전조등 불을 올린 다음 다시 달린다
어둠 속에선 옥수수밭도 지워져 건초더미마저

유령처럼 일렁거린다
곧게 뻗어내린 길 아래쪽으로
라쿤보단 크고 사슴보단 작은 낯선 동물이 지나가고
차창에 내가 아는 얼굴 하나 그려진다
너의 저녁에서 나의 밤으로 오하이오 강이 흐른다
아름답다, 소리질러 보지만
우린 너무 멀고 소리조차 아득하다

샹펭을 지나며

어두워지자 길이 지워졌다
지겹게 따라붙던 옥수수밭도 슬며시 사라졌다
세인트루이스에서 한니발을 거쳐
밤길에 샹펭을 간다
어떤 이는 샴페인이라 부르고 또 누구는 상파뉴라고 하지만
내게 샹펭은 일리노이 그곳뿐이다
어둠이 빛난다
별이 무더기로 쏟아진다

이미 떠난 김종삼
무덤에 찾아가 물어볼까
라산스카 여기 살았더랬냐고, 호반에 앉아 있던
그 여자 본적지가 여기 맞느냐고
그래
내 확신과 불확신의 끄트머리에서
샹펭이 밝은 빛으로 지평선에 자리잡는다

여기에서 멈춰야 해
담배 한 대 피우고 설렘을 가라앉혀야 해
하다못해 오줌이라도 갈기고 가야 해

차는 멈추지 않는다
인터스테이트, 일리노이—인디애나, 길은 멀고 밤은 깊어
꿈의 조각들이 반딧불처럼 일렁거린다

이곳에 지친 여장을 풀고
내일 아침 붉은 해가 지평선에 솟는 걸 볼 수 있다면
아리아 들을 수 있다면
라산스카
소리는 울음이 되어 허공에 메아리진다
라산스카
미치도록 그리운 사람 하나 있어
그 따스한 손 다시 잡을 수 있다면

틈

서둘지 말자
하루에도 수천 번 중얼거린다
너는 오래 숨었던 곳에서 불현듯 튀어나와
몰래, 아무도 몰래 거대한 손으로
빛을 흔든다
문을 연다

일전엔 사리에 갔다
또 얼마 전엔 궁평리에 갔다
찻집 흙과나무, 마술피리, 꿈꾸는식물에 갔다
크로니, 할리데이, 힐튼에 갔다
바닷가 조개무지에 갔다
마른 잎 서걱이는 수리산 자락에 갔다
너는
어디에나 나보다 앞서 와 있다
내 발자국 찍힌 곳마다
네 이름이 겹친다

연필로 쓰라고
그래야 지울 수 있다고 설파한 저 옛노래
거기에 혁명 같은, 개좆 같은 진실이 숨어 있음을
늦은 나이에 깨닫는다
두렵고 눈물난다

너무 늦은 여름

그해 여름 껍질만 남은 매미처럼
난 뜨거운 햇살 아래 몸을 말리고 있었다
건드리면 부서질 것 같은
혹 저녁 바람 불면 지워질 것 같은
앙상한 뼈로 나뭇가지에 올라앉아 있었다

「너, 거기 언제부터 있었니?」
「한 이십 년 돼」
「지금까지 뭘 하면서 지냈니」
「네가 오길 기다렸어」
「너, 미쳤니?」
「아니, 이십 년은 더 기다릴 수 있어」

그해 여름은 길고 뜨겁고 건조했다
한 차례 비가 뿌리기도 했지만
그것도 잠시
나는 알맹이 다 빠진 빈 그리움으로 남아
물이 없어도 괜찮았다
너무 늦었거나 너무 빨랐다

사라진 도시

손을 넣자 손이 지워진다
발가락 집어넣자 조금조금 지워진다
머리카락 눈 코 입
목구멍 심장 창자도 지워진다
자지 끝에 달린 물방울도 지워진다
오래 묵혀둔 미움/노여움/그리움도
다 지워져
지워졌다는 사실도 없어진다

나를 없앤, 내가 없앤 도시에
슬며시 당신 닿으니
나는 끝난 게 아니라 시작된 것이다*
나는 말한다 당신 예민한 혀로
나는 걷는다 당신 두 발로
세상을 들여본다 그 검고 깊은 눈으로
그리고 조금씩 갉아먹는다 그 푸른 입술로
환한 쓰림을 느낀다 그 가슴으로

두려운 건 당신이 아니라 바로 나다

* 〈나는 끝난 게 아니라 시작된 것이다〉: 마루야마 겐지, 『물의 가
족』에서

별이 진다

밤도 한참 지나 새벽이 다가올 때
안산천 자전거길로 내려선다
어깨 너머 가로등빛이 물살에 흔들린다
북두칠성이 저기 있어요
어디, 잘 안 보이는데?
어두운 하늘에 밝은 별 하나 부서진다

내가 걸어가는 길, 네가 걸어오는 길
사이사이에
유황불이라도 점점 밝힐 수 있다면
오래 묵은 두엄더미 곰팡내라도 깔린다면
폐수로 썩어가는 이 물을 도솔천처럼 건널 수 있다면

네 아름다운 가슴에 손을 넣어 차라리
우리 무거운 죄를 씻을 수 있겠다
잠시 이렇게 기대고 싶었어요
우린 너무 늦었어
바램을 빌기도 전에 별은 허공에 사라지고
밤이 차다

눈길

어리석음으로 가득 찬 내 삶의 마지막 오후
눈바람 옷깃 세우고 널 만나러 간다
산본에서 좌회전으로 두 번 꺾어
수리산 자락을 출발로 판교―구리 고속도로를 탄다
그 끝에 네가 서 있을 것 같다
먼지 눈발이 섞여 둥글게 차창을 때린다
안테나 울림이 심상치 않다
곧 전국에 폭설이 쏟아져 내릴 거라고
눈에 짓눌려 며칠 고생 좀 할 거라고 짧은 예보가 나온다
차라리 온 땅이 꽝꽝 얼어
깊은 잠에 잠겼으면 모든 관계가 끊어져 불통이 되었으면
터널 지나기 전 통행료 만 원을 내고 구천 원을 받는다
네가 거기 없다는 걸 잘 안다
물론, 너는 없다
너의 부재가 내겐 존재의 근거가 된다
눈발이 굵어지면서 경계가 지워진다
앞이 흐려진다 네 따스한 손이 느껴진다
제한 속도 100km/h를 지키는 차는 하나도 없고
내 낡은 엑셀도 신나게 미끄러진다
가장 짧은 순간
나는 내 육신이 미끄러져 낡은 차와 함께 부서지는 것을
본다
너에게 닿기엔 아직 먼길
핸들이 심장을 뚫고 들어가는 것을 본다

찌그러진 범퍼 쌀알처럼 깨어져 흩어지는 유리창
내 영혼 어두운 저녁 위로 흰 눈이 날린다
눈,
넝마처럼 찢긴 문틈으로 조심 내 눈 묻은 눈을 들여본다
끝/났/다
눈이 더 세차게 빨려 들어가 피 묻은 가슴을 덮는다
몸을 두고 천천히 일어나 차를 빠져나온다
계속 걸어야겠다
네 이름 쓸쓸함이 눈꽃으로 새겨지는 곳

북한강에서

정태춘의 눅눅한 노래 「북한강에서」를 들으면
공연히 가슴 아프다 쓸쓸하고 텅 비어진다
말로 다 말할 수 없는 떨림을 온몸에 꽂아넣고
먼/가까운 당신을 찾아 북한강에 오른다
한겨울인데 차창 밖 풍경은 황량하면서도
해토머리 아지랑이 피어날 듯 따스하다
늙은 버드나무는 묵은 팔들을 늘어뜨리고
저녁 햇살을 부수어 수면에 뿌린다
이것은 시작이거나 끝일지 몰라
당신 연보라색 목소리가 물안개에 젖는다
이렇게 아프면서 마치 그렇지 않은 것처럼
늘 우린 곁으로 비껴가기만 해
강기슭 참나무 아래 아직 지워지지 않은 눈 있어
내 발자국 곁에 다른 발자국 하나 더 찍는다
담배 한 대 진하게 빨아당기고 던지자
피식 연기도 없이 꺼진다
무던히 버텨온 내 젊은 날이여 이제 안녕
분명 당신이 지나간 자리만을 따라 여기 왔는데
아무도 없는 강 푸른 물결이 차다
나를 미련하다 말하지 마시게
애시당초 우리는 아무것도 아니었던 것
가만 멈춰 선 듯 무한 적막의 물결 깊은 속
강물은 어제/오늘/내일로 천천히 흘러가고
우리도 이렇게 지나간 날들 위에

불가능한 꿈을 찾아헤매는 객은 아닐까
아름다운, 그 이름

소금창고 · 2

저 먼 끝, 흐린 한 점
수묵으로 섰다
불타고 남은 흔적
조금씩 깊고 무거워지는 저녁놀

네가 스쳐간
빈 들을 천천히 다시 지나
나문재 검붉은 잎 위로 소리가
끊어진다 툭 툭
길이 휜다

밤나무숲·1

몸에서 잎사귀 다 떼어내고
갈빗대 훤히 드러낸 풍경이 서늘하다
겨울 눈산에 오르다 밤나무숲에 든다
수천 그루 장관을 이룬 눈꽃들
숲으로 난 틈 다 지워지고 아직 사람 흔적 없으니
내가 처녀길을 가는구나
발걸음 옮길 때마다 눈 속에 깔렸던 잎들이
푸득 깨어 바람에 날린다

흑백이 선명히 구별되는 숲 저 끝에
낡은 필름처럼 당신 서 있다
여러 날 내 꿈을 밟고 다니던 당신이 오늘은 어떻게?
그래, 내 어림으로도
안다, 다 안다
먼 당신은 늘 내게 먼저 스며
겨울 나무에 꽃들을 지어놓고 흐려진 길 다시 그으니
그립다
물어 소용없겠다

밤나무숲 · 2

흰색과 연녹색 사잇길
밤꽃이 느릿느릿 몸을 뒤척인다
수천 그루 빼곡 선 숲에 들면 가라앉아 쌓였던
냄새들이 발길에 감긴다
숨이, 탁

막힌다…… 음모처럼 숨겨둔 그리움
너는 어디에 있는가
아랫도리가 축축하게 젖으며 조금씩 지워진다
먼저 앞섶을 열어
잘 익은 가슴을 둥글게 둥글게 더듬다가
도드라진 꼭지를 꽉 깨문다

투명해지는 것은 그것뿐 아니다
세상에서 가장 아름다운 헤어짐을 준비하기 위하여
냄새는 땅을 기어 경계를 넘고 숲을 빠져나간다

남김없이 다 지워져
몸 속에 또다른 몸이 되어 포개질 때
꽃이 툭툭 터지고 숲은 절정을 향해 팽팽해진다
사랑이란 이름으로
새벽 찬이슬부터 저녁 어둠 도깨비불까지
아프게 그리운 사람 하나 있어

밤나무숲
네가 없는 자리에
나를 세운다

봄, 1998

연립 주택 뒷길 미로처럼 구겨진 골목을 따라
널 찾아간다
민들레 냉이 제비꽃 낮게 움츠린 담벽
야채장수 아저씨가 트럭에 기대어 담배를 피운다

잊었어
길은 자꾸 구부러져 아득하고 무성한 풀들이 키에 닿는다
조금 더 어두워진다
푸성귀처럼 퍼덕퍼덕 뛰어가는 사람들
잊어야 해, 한 걸음 물러나
이제 눅눅하게 쭈그러든 몸 저녁 바람에 말려야 해
내가 널 기다리듯 너도 점점 얇아져 흰 뼈만 남아 있다
는 것

기억하니?
눈발 흩어져 소금창고를 때리던 겨울 새벽 찬바람
아니, 이제
네 곁에 빈터를 만들어 널 고스란히 풀어놓을게
세상 모든 말들이 하나로 굳어져 단단한 씨앗이 된다면
모든 길이 꼬여 상형 문자가 된다면
다 둥글어진다면

봄가 없음을 두렵다 했던가, 두껍고 검은 옷을 껴입고
우리 사이에 밤이 가라앉는다

〈사이〉가 보이지 않는다
저 빈 곳
어둠 뒤 굽은 길로 상처 지워지고

나나 이야기 · 1

꽃집에 사는 여자——좀더 정확하게, 장미 농장에 사는 여자, 〈세피아〉란 이름의 꽃잎보다 조금 더 밝은 여자, 더 환하게 웃는 여자, 웃음소리가 하이 톤으로 올라갔다가 쿡쿡 웃음을 쓸어담는 여자, 뒷머리채를 정갈하게 묶어올리면 긴 목이 드러나는 여자, 아름다운 굴곡을 가진 여자, 투명하여 속이 하얗게 보이는 여자, 그래도 속마음 다 보인다고 판단하면 안 되는 여자, 심지 깊은 곳에 슬픔을 묻어둔 여자, 슬픔을 얇게 펴서 그 위에 장미꽃을 새기고, 다시 두 번 접어 편지로 보내는 여자, 〈사랑이란 선택이에요〉라고 정의하는 여자, 수많은 선택을 거쳐 오늘도 외롭게 서 있는 여자, 외로움 속에서 세월의 물결 소리를 듣는 여자, 연하면서 꼿꼿하게, 상처에 불을 지피고 푸른 꽃으로 피어난 여자

그 꽃집에 〈나나〉라는 아기 고양이, 살고 있습니다

나나 이야기 · 2

햇살이 느리게 부서진다
가늘고 긴 빛살을 뚫고 내 낡은 엑셀이 스피드를 높인다
자, 보라
빗물처럼 방울로 퉁겨오르는 저 빛, 환한 그리움에 가속
도가 붙는다
나나가 사는 곳엔 거대한 산 하나 있어, 빈손으로, 그저
맹탕인 몸으로 갈 수 없다는 것을 안다
햇살 마른 물방울들과 알맞게 익은 소리들과 단단히 뭉쳐
진 언어를 짐칸에 쟁여넣는다
월곶을 지난다
소금창고를 지난다
서창분기점에서 직진으로 교차로를 지난다
내 삶의 길에서 우연히 만난 많은 얼굴들, 빠르게 밀려왔
다 천천히 물러간다
어쩌면 이 길은 세상의 환한 끝을 향해 난 비상구일지 모
른다
절대절명의 탈출구일지 모른다
나나처럼 나는 슬프고 행복하다
내게 주어진 양식, 우울과 환희, 벼랑에 매달린 짐승처럼
서서히 말라간다
먼지 묻은 사랑, 모두가 내 몫, 누구의 것도 아니다

나나 이야기 · 3

너무 늦었다. 섬을 돌아 뜨거운 여름 햇살에 하루를 굽고 온 날, 고양이 나나에게 일이 생겼다.

밤 부둣가 정박한 뱃머리가 검게 떠 있는 게 보였다. 그리고 그것뿐. 간혹 폭우를 뚫고 자동차 헤드라이트 빛이 외진 바닷가 적막한 하늘에 일렁거렸다.

길 끝에서 곁을 보았다. 전등사 지나 비포장으로 삼십 리쯤, 해수욕장이 나왔다. 푸드득 저녁 햇살이 내렸다. 바닷물이 황토색으로 밀려들었다. 곧 검푸르러졌다. 빈 자리가 생겼다.

수의사는 고양이를 눕히고 몇 번 뒤척여보더니, 갈빗대가 부러지고 장에 종양이 생겼다고 했다. 수술해야 한다고 말했다. 죽을 수도 있다고 했다. 나나가 낑낑거렸다.

세상에 잘/잘못을 한칼로 나눌 사람은 없다. 모든 기쁨과 절망의 끈들이 타래로 엉키어 사람과 사람, 사람과 동식물, 사람과 우주를 연결시킨다. 질긴 사슬이다. 폭력이다. 간통이고 불륜이다.

그리움에 두터운 옷을 입히려고, 혹은 그리움을 씻으려고 우리는 섬에 가지만, 바다는 아무 대답도 않는다. 나나가 아직 살아 있다는 게 기적이다.

나나 이야기 · 4

없다
이제 그는 자신의 길을 접었다
장미넝쿨 아래 그를 묻었다
약간의 떨림과 함께 숨이 그치고 고요해졌다
빈터가 생겼다
평평하게 흔적 없이 지워졌다
깨끗하게

월곶 앞바다에는 간혹 갈매기들이 날아온다
길을 잘못 든 무리 서넛이 소금창고까지 직진했다 되돌아
온다
저녁 어스름 노을 위에 곧은 선과 굽은 선을 섞으면서
새들은 기억을 쪼아 나른다
갯지렁이 끝에 매달려 망둥이들이 퍼덕거린다
소주 몇 잔을 목구멍에 붓고 검은 바다를 본다
이것이 사랑일까

모른다
나나에겐 나나만의 길이 있듯
세상엔 수많은 걸음걸이, 발자국이 찍힌 길이 이어진다
삶이 아름답거나 쓸쓸하고
때로 행복하거나 두려운 것은
닿을 수 없는 저기 저쪽 저 멀리 나나가 있기
때문이다, 검은
그리고 흰

나나 이야기·5

아흐멧 알탄의 『위험한 동화』를 읽고 편지를 쓴다, 크리
스토프 메켈의 『빛』을 읽고 편지를 쓴다, 엠마뉴엘 베른하
임의 『그의 여자』를 읽고 편지를 쓴다, 서하진의 『사랑하는
방식은 다 다르다』를 읽고 편지를 쓴다

책장을 넘기며 쓴다, 책갈피 사이에 쓴다, 행간에, 단어
와 단어, 글자와 글자 사이에 편지를 쓴다, 느낌표와 말줄
임표 밑에 위에 뒤에 아래 덮어쓴다, 〈나나〉라고 쓴다

나나
지금은 없는 나나
소리가 흔들리며 빚어낸 방안 가득
글자들이 흘러내린다

기다리자, 라고 쓴다, 곰팡이처럼 녹슨다, 라고 쓴다, 밤
새워 부푼 새벽 공기들이 안산천을 따라 바다 쪽으로 미끄
러진다, 라고 쓴다, 햇살 풀어져 딱풀처럼 끈적거린다, 라고
쓴다, 쓴다는 것은 내 살을 떼어 네게 주는 것, 라고 쓴다

나나 → 피피
작은 고양이가 죽고 그 자리에 피피를 놓는다
피피도 역시 작은 고양이이다
피피는 언제 보아도
피피 운다

나나 이야기·6

자, 이제 갈까

우리는 사랑을 나누어갖기 위해 어스름을 털고 일어선다
진흙으로 검탱이가 너절한 바닷물
갯벌을 파내자 꼬막조개가 숨었던 입술을 내민다

굴 껍질이 부서져 흰 모래로 쓸린 언덕에
비린 냄새가 아직 가시지 않았다
하늘이 푸르고 가볍다
그 손을 잡자 가늘고 긴 떨림이 온다

그래, 이제 가자

섬을 둘러싼 밤이 더욱 깊고 두꺼워진다
낮은 창 너머
갯가를 비웠던 물은 새벽녘 들었다 다시 나간다
우리 속삭임이 모두 씻긴다

뭍으로 통하는 배는 하루 네 번
어떤 신호도 닿지 않는 적막한 곳에 갈대만 하얗게 부서
진다
갈매기처럼 쫓기듯 여기까지 와서도
나나에 대한 기억이 지워지지 않는다

푸른 씨앗들이 섬에 흩어진다

나나 이야기 · 7

한 세기 전 묻힌 시인의 사랑을 뒤져 때묻은 세상에 꺼내
놓는 이야기, 바이어트의 『소유』을 읽으며 가슴이 뜨뜻해
진다

햇살 잘게 부서지는 날 기차를 타고(기차! 그때 이미 기
차가 있었구나) 먼 항구로 여행을 떠나 다시는 못 돌아올
페이지를 넘겼을 때, 혹은 폭풍우치는 들길에 살얼음처럼
박히는 웅성거림을 삶이 구겨지는 소리로 들었을 때, 혹은
곁에 아무도 없다는 있어서도 아니 된다는(수많은 불륜의
패턴이 그러하듯) 깨달음을 이마에 새기고 남은 생애를 고
요히 썩혀갈 때

무엇이 남을까
내 무덤에서 누군가 갑골문 같은 편지 한 장 꺼낼 수 있
을까
흰 뼈에 사리로 박힌
그리움 캐어낼까
나나

나나 이야기 · 8

풀씨
도꼬마리, 가시엉겅퀴, 도깨비바늘 같은
가을 하늘 높게 바람에 밀려 떠오르는
그런 거 말고
한겨울까지 앙상한 대궁에 악착같이 붙어 흔들거리는
매서운 북풍에 맞서다
어쩜 툭툭 부러져 겨울 끝까지 훨훨 날아가는

풀씨 하나
가슴팍에 내려앉아 봄을 연다
까치가 물어온 아침
까마귀가 외롭게 끌고 온 저녁
한세월 뿌리뿌리 깊이 박혀 잎이 무성해진다
홍역처럼 온몸 붉어지고
실핏줄까지 풀독이 올라, 내가 풀인가
풀이 또한 나인가

나나가 웅크리고 잠든 그 자리에
이제 내 몸을 눕힌다
세계는 나/나나의 밖에서 무섭고 빠르게 굴러가고
우리를 용서하지 않는다
다시 겨울
가지 꼭대기에 매달려 씨앗의 꿈을 담는다
바람이 차다

나나 이야기 · 9

어둠 속 사랑이었다
나나를 향했던 내 걸음걸이는 서툴고 우둔했다
장미넝쿨 아래 묻혀
천만 년 고요히 썩어간다면
불면으로 지샌 새벽, 아침 열리듯 지친 그리움
세피아로 피어날지
혹은 더 썩어 뼛속의 인광이 반디처럼 빛을 낼지

서울에서 안산까지 어둔 구석구석 도둑고양이처럼 헤매다
돌아온 한밤
나는 없고 내가 있을 자리에
죽은 나나
아름다운 굴곡만 남았다

맑은 끝

나나는 없다 이제

세상 모든 것이 사라지며 흔적을 남기듯
나나는 울림 속에 지워졌다

미치도록 그리울 때면 나는
한밤 소금창고에 간다

거기엔 아직도 깨진 타일, 나문재 낮은 키 위로
고양이 울음이 바람처럼 떠다닌다

가장 이른 새벽이 온다

정한용

1958년 충북 충주생.
1980년 중앙일보 신춘문예 평론 당선.
1985년 ≪시운동≫에 작품 발표로 활동 시작.
시집 『얼굴없는 사람과의 약속』(1990, 민음사), 『슬픈 산타페』(1994, 세계사)
평론집 『지옥에 대한 두 개의 보고서』(1995, 시와시학사)
편저 『민족문학 주체 논쟁』(1989, 청하)

나나 이야기

1판 1쇄 찍음 1999년 6월 20일
1판 1쇄 펴냄 1999년 6월 25일

지은이 정한용
펴낸이 박맹호
펴낸곳 (주) 민음사

출판등록 1966. 5. 19. 제 16-490호
서울시 강남구 신사동 506번지 강남출판문화센터 5층 (우)135-120
대표전화 515-2000 / 팩시밀리 515-2007

© 정한용, 1999. Printed in Seoul, Korea.

ISBN 89-374-0681-0 03810